KB269645

푸른사상
PRUNSASANG

2013 오늘의
좋은 동시

서재환 · 맹문재 · 박소명 엮음

푸른사상
PRUNSASANG

2013 오늘의 좋은 동시

인쇄 2013년 3월 5일 | 발행 2013년 3월 10일

엮은이 · 서재환 · 맹문재 · 박소명 | 펴낸이 · 한봉숙 | 펴낸곳 · 푸른사상사
주간 · 맹문재 | 편집 · 지순이 | 교정 · 김재호, 김소영

등록 제2-2876호
주소 서울시 중구 충무로 29(초동) 아시아미디어타워 502호
대표전화 02) 2268-8706(7) 팩시밀리 02) 2268-8708
메일 prun21c@hanmail.net / prunsasang@naver.com
ⓒ2013, 서재환 · 맹문재 · 박소명

ISBN 978-89-5640-986-3 03810
  값 10,500원

2013 오늘의 좋은 동시

동시의 지평을 열어가며

　필자는 1980년대 초반부터 동시문학에 관심을 갖게 되었다. 시조의 대가 정완영 선생님의 동시조집 『꽃가지를 흔들듯이』를 대하던 날 내 안에 파도처럼 커다란 충동이 일었다. 그때 '나도 동시를 써야지' 하는 생각을 굳히게 된 계기가 되었다. '동시가 이 정도라면 어느 누가 동시를 얕잡아 볼 수 있겠는가!' 하는 생각이 강하게 들었던 것이다. 이후 시단, 동시단의 흐름을 살피면서 몇 가지 현상과 그것을 근거로 '동시가 지금은 주변문학, 서자문학 취급을 받지만 얼마 가지 않아 반드시 이 땅 위에 동시문학이 백화만발할 때가 올 것이다'고 예견했다. 또한 그러기 위해서는 '어린이는 물론이고 어른까지도 함께 즐겨볼 수 있는 동시들이 많이 창작되어야 한다' 는 생각을 담아 왔다. 그러나 우리의 동시는 안으로는 조금씩 질적 양적 성장을 하면서도 존망이 위태위태하게 이어져 온 느낌도 받았다. 그러다가 2010년 이후부터 일반 시를 쓰는 시인들의 참여가 두드러지면서 분위가 달라져갔다. 그리고 지금에 이르러서는 그 위기 국면을 완전히 벗어난 듯하다. 아니, 나만의 착각일지 모르지만 동시가 꽃피는 조짐까지 느껴진다. 동시의 발전은 필자만의 염원이 아닐 것이다. 그럼에도 『2013 오늘의 좋은 동시』 선정에 참여하면서 감회가 보다 깊었던 까닭은 바로 존망이 위태로웠던 동시가 당당히 햇볕을 받고 있다는 점과 앞서의 바람들이 상당히 현실이 되어 가고 있다는 느낌을 동시에 받았기 때문이다.

2012년에 발표된 각종 문예지의 동시들을 두루 살펴보았다. 그리고 70편을 선정하였다. 기본적으로 좋은 시의 기초와 근본이 되어야 할 요소들을 고루 갖춘 작품들을 일차적으로 뽑았다. 다음은 그 속에서 과거의 동시와 차별성을 보이는 작품을 살폈다. 이렇게 선정하여 실리게 된 시들은 다양한 시 의식과 소재, 시적 표현과 기법들을 담고 있다. 예컨대 「가랑잎 3」은 가족과 이웃에 대한 관심의 부재를, 「이사」는 소통이 단절된 현대생활과 삶의 모양새를, 「꽃들은 어디로 갔을까」는 서로 어울려 공존해야 할 자연을 상업적 수단으로만 이용하는 삭막한 도시의 거리를, 「아빠는 우편배달부」는 복잡하고 바빠진 생활과 편리한 문명의 이기를 핑계로 메말라가기만 하는 세정을, 「느린 세탁소」는 서로 이해와 배려로 문화적 벽을 극복하고 소통과 상생으로 가는 인간관계를, 「태풍 덕에」는 가족과 어우러져 정을 나눌 시간도 없이 살아가는 안타까운 현실을, 「폭설」은 눈에 묻힌 외딴집을 간단하고도 유연한 언어의 질서 속에 환상적 표현을 곁들여 동화적으로 그렸다. 이외에도 「놀이터에서」는 현실에 억

늘려 사는 어린이의 잠시 잠깐의 해방감을, 「참 다른 말」은 같은 말이면서도 그 뜻이 달리 쓰이는 점을 내세워 힘겹게 살아가는 노인과 이웃에 대한 관심을, 「넥타이」는 불편한 넥타이와 부담스러운 공개수업을 통한 일부 교육현장의 현실을 그리고 있다.

작금의 동시단을 보면 시인과 작품이 넘쳐나는 느낌이 든다. 물론 작가와 작품의 양적 팽창이 꼭 좋은 작품을 담보하는 것은 아니다. 그렇지만 역량 있는 시인들이 자꾸 모여들고, 대거 동시 창작에 참여하고 있는 것은 동시의 미래를 밝게 한다. 또한 세상이 각박하고 삭막해져 갈수록 목마른 사회가 되어가는 것도, 대다수 사람들이 지금보다 좀 더 밝고 건강한 세상을 소망하는 것도 동시와 동시단에는 기회일 수 있다. 동시가 간직한 동심이 그러한 갈증과 소망을 풀어줄 한 줄기 푸른 소나기일 수도 있고, 삐뚤어지고 병든 어린이와 청소년, 더 나아가서는 어른들의 마음까지를 어루만져 상처난 자리에 새살을 돋게 할 수도 있기 때문이다.

동시는 정치적 사회적 목적성을 가지고 쓰지 않는다. 그렇지만 사회 현실은 외면할 수는 없는 것이다. 세상이 부르면 나가야 된다. 그리고 그것은 벌써 시작되었는지도 모른다. 따라서 시인과 동시단은 이제부터 시작이라는 마음으로 좀 더 치열한 동시 쓰기와 동시단에의 적극적인 참여로 사회 전반에 동시가 활짝피고 동심이 회복되는 세상을 만들어가면 좋을 것 같다.

이번에 작품을 선정하면서 많은 문예지들의 작품을 되도록 고르게 뽑으려고 했다. 그러다 보니 어떤 경우는 작품은 좋은데 그 문예지에 이미 선정된 작품 수가 많아서 밀려난 경우도 있고, 어떤 경우는 작품은 좀 약하나 특정 문예지만 소외시킨 듯한 느낌을 주지 않기 위해서 선정한 경우도 있다. 뿐만 아니라 지면에 수없이 오르내리는 유명 시인의 몫을 새로운 시인에게 돌린 경우도 있다. 그렇다고 하더라도 그것은 일부에 지나지 않으며, 실리는 상당수 작품들은 『2013 오늘의 좋은 동시』로서 크게 문제될 것이 없다고 생각한다.

함께하지 못한 시인들에게는 미안한 마음을 전하며, 내년에 같이할 수 있기를 기대한다.

2013년 2월
엮은이를 대신하여 서재환

제1부

곽해룡 … 파도와 모래　　　　　• 14

권영상 … 봄　　　　　• 16

권오삼 … 알밤　　　　　• 17

금해랑 … 꽃들은 어디로 갔을까　　　　　• 18

김미영 … 비 오는 날 · 2　　　　　• 19

김미혜 … 모두 내 꽃　　　　　• 20

김미희 … 조개　　　　　• 21

김　룡 … 감기 몸살　　　　　• 22

김성민 … 자벌레는 일보일배　　　　　• 23

김영승 … 옮김　　　　　• 24

김용택 … 길　　　　　• 26

김유진 … 부부싸움 다음날　　　　　• 27

김은영 … 1학년 멧돼지　　　　　• 28

김이삭 … 빈 논　　　　　• 29

김종상 … 풀씨와 거미줄　　　　　• 30

김재순 … 햇볕 사용료　　　　　• 31

김하루 … 우리 개　　　　　• 32

김환영 … 거먹돌 물　　　　　• 34

제2부

김현욱 … 이사 • 38

노원호 … 구석이 편하다 • 40

문삼석 … 미술시간 • 41

맹문재 … 그러면 그렇지 • 42

박두순 … 물 마실 때 • 43

박소명 … 무논 • 44

박방희 … 폭설 • 46

박선미 … 참 다른 말 • 47

박승우 … 반딧불이 • 48

박　일 … 개미의 집 • 49

배정순 … 여름 걸어라 • 50

복효근 … 제비꽃 • 52

서금복 … 잠 정거장 • 53

서정홍 … 내기 • 54

서재환 … 관광지도 • 56

성명진 … 호박 밭 • 57

성환희 … 눈의 목소리 • 58

제3부

손택수 … 구구단 외는 강아지　　• 62

신명진 … 토란 잎　　• 64

안오일 … 여름 나무　　• 66

오은영 … 발 달린 양말　　• 67

오인태 … 까만 비닐봉지 속　　• 68

유미희 … 태풍 덕에　　• 69

윤삼현 … 북극곰이 동동　　• 70

윤제림 … 누가 더 섭섭했을까　　• 72

오지연 … 달려라 다림쥐　　• 73

이대흠 … 똥의 시　　• 74

이묘신 … 빗방울　　• 75

이무완 … 남김없이　　• 76

이복자 … 화산　　• 77

이상교 … 쩌엉!　　• 78

이승희 … 햇살　　• 79

이　안 … 추파춥스를 하나씩　　• 80

이　수 … 느린 세탁소　　• 82

제4부

이장근 ⋯ 넥타이　　　　　　　• 86

이정석 ⋯ 아빠는 우편배달부　　• 87

이준관 ⋯ 모두 골똘히　　　　　• 88

이창숙 ⋯ 깨알 같은 잘못　　　　• 90

이화주 ⋯ 폭포　　　　　　　　• 91

임복순 ⋯ 자석이 달린 글자　　　• 92

장동이 ⋯ 하늘　　　　　　　　• 94

장성태 ⋯ 소 대접받고 사는 소　• 95

장세정 ⋯ 살구나무　　　　　　• 97

장영복 ⋯ 서울 가고 싶구나　　　• 98

전병호 ⋯ 건너왔다　　　　　　• 100

정진숙 ⋯ 제 길 가라고　　　　　• 101

정진아 ⋯ 정전이 준 선물　　　　• 102

조하연 ⋯ 삐딱이　　　　　　　• 103

주미경 ⋯ 놀이터에서　　　　　• 104

진복희 ⋯ 가랑잎 3　　　　　　• 105

한혜영 ⋯ 바람과 깃발　　　　　• 106

휘　민 ⋯ 지하철 풍경　　　　　• 108

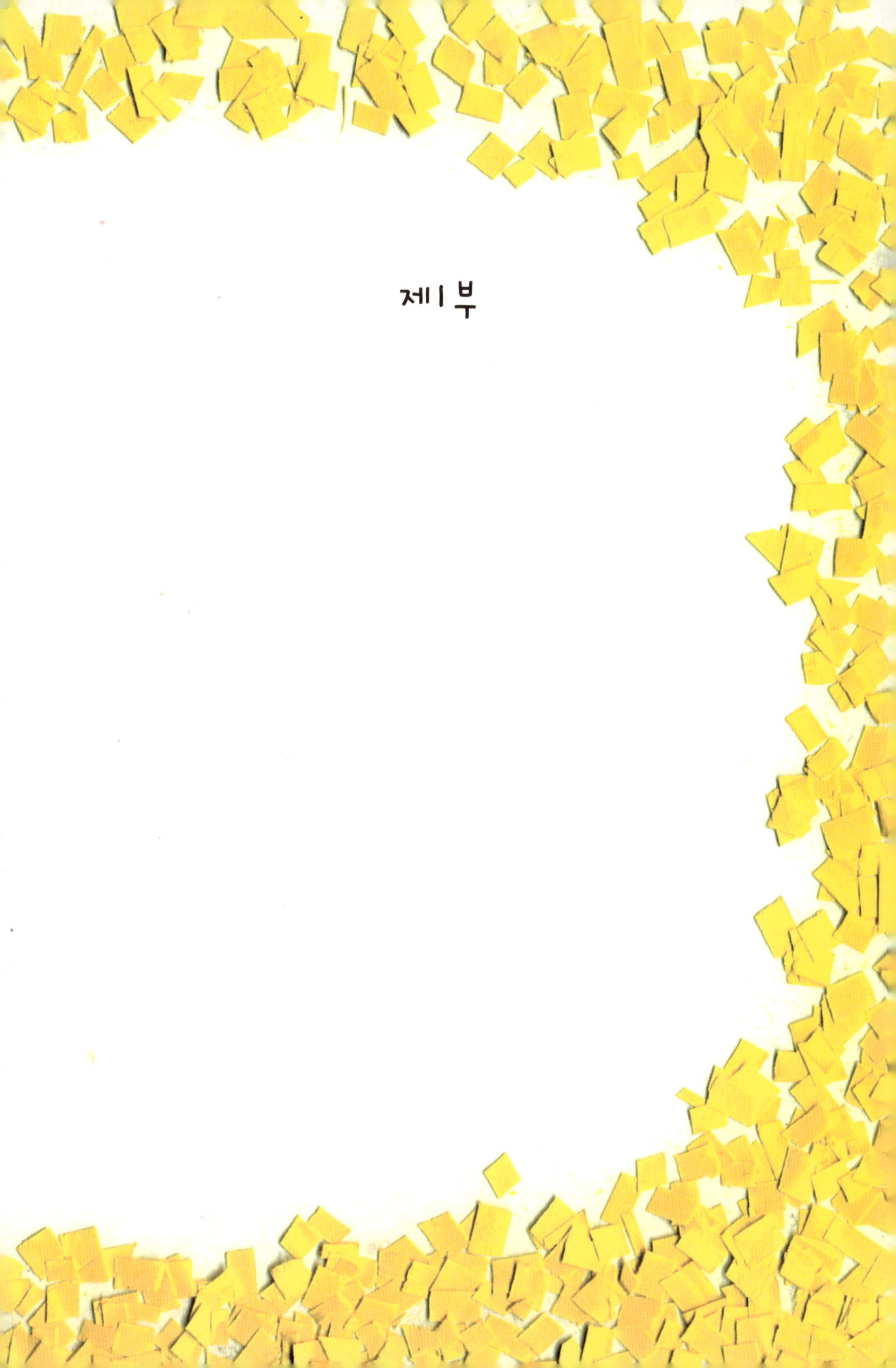

제1부

파도와 모래

곽해룡

밀려오는 파도 끝에
때가 낀 거품이 인다

저것은 파도가
모래의 등을 밀어 주는 거다

아니다, 저것은
모래가
파도의 발을 씻어 주는 거다

아니다, 저것은
파도와 모래가 서로의 몸에서
티끌을 떼어 주는 거다

(열린아동문학, 여름호)

봄

권영상

숲에서
전화벨이 울린다.
누가 찔레 덩굴 뒤에 앉아
그 전화를 받는다.

여보세요.
여기로 오시려면
플라타너스 가로수 길을 따라 오다가
샘물터에서
곧장 왼쪽으로 도세요.

이곳 지리를 잘 아는 멧새가
직박구리와
지금 통화 중이다.

(시와 동화, 가을호)

알밤

권오삼

산에 산에 밤나무들이
알밤들을 떨어뜨려요
사람 몰래 다람쥐 몰래
가랑잎, 풀 더미 속으로

톡 또르르 톡 또르르

하지만 용케 알고
냉큼 주워가는 사람들
날름 물어가는 다람쥐들
그래도 밤나무들
알밤들을 떨어뜨려요

톡 또르르 톡 또르르

(아동문예, 7-8월호)

꽃들은 어디로 갔을까

금해랑

꽃들이 실려 왔어. 자동차가 붕붕대는 도로 한가운데 꽃밭이 생겨났지.

꽃밭은 자주 바뀌었어. 새 꽃들이 어디선가 왔고 금세 다른 꽃밭이 생겨났어.

국화는 며칠 만에 뽑혔어. 앙증맞은 노란 꽃망울도, 탐스러운 하얀 꽃송이도.

벌도 나비도 없는 도로 한가운데 그림처럼 놓였다 사라진 꽃들, 그 곱던 꽃들은 다 어디로 갔을까.

(동시마중, 9-10월호)

비 오는 날·2

김미영

버스 유리창에
올챙이들이!

구름 속에
개구리가 살고 있나?

버스 유리창을
연못인 줄 알았나?

(오늘의 동시문학, 봄호)

모두 내 꽃

김미혜

꽃밭 가득
빨간 장미

옆집 꽃이지만
모두 내 꽃

꽃은
보는 사람의 것

꽃 보러 가야지 생각하면
내 꽃밭 가득 장미가 환하지

하지만 가꾸지 않았으니까
잠깐 내 꽃.

(동시마중, 1-2월호)

조개

김미희

보그르
보그르

갯벌 속
뚜껑 달린 우주선에서
우주별로 교신을 보내는데

기다리는 우주선은 오지 않고
교신을 가로챈 사람들만
조개를 데려가 버린다

(아침햇살, 여름호)

감기 몸살

김 룡

1

놀이터 옆 화단에서 벌벌 떨던 어린 꽃나무가 나를 찾아 아파트로 들어왔나 봅니다. 너무 추워서 폴짝, 내 품속으로 뛰어들었나 봅니다.

2

이마가 펄펄 끓고 콜록콜록 기침이 멎질 않습니다. 공부는 하지 않고 하루 종일 밖에서 놀기만 해 그렇다고 엄마는 도끼눈을 뜹니다.

3

내 품속으로 뛰어든 꽃나무가 꽁꽁 얼어붙었던 발을 녹이다 스르르 잠이 들었나 봅니다. 팔랑팔랑 나비가 날아다니고 붕붕 벌이 꿀을 실어 나르는 꿈을 꾸나 봅니다.

4

온몸 가득 열꽃이 피었습니다. 저만치 봄이 오나 봅니다.
세상에서 제일 먼저 나를 찾아오나 봅니다.

(동시마중, 3−4월호)

자벌레는 일보일배

김성민

자벌레는

먹여 주고
재워 주는
나무에게

늘
고맙고
미안해서

한 걸음 걷고
절하고
한 걸음 걷고
절하고

삼보일배도 부족해서
일보일배 한다.

(창비어린이, 겨울호)

옮김

김영승

어마어마하게 크고 육중한 기계를
기계가 굵은 선으로 서서히
끌어당기며 옮기고 있다

지렛대나 도르래나
여하튼 기중기

그렇게 들어올리거나
끌어당겨 옮기거나

기계를 시켜서건
동물을 시켜서건

일심 협력하여
옮긴다

옮겨야 할 것을
옮기는 것은
정당한 일이다

원래 거기 있었던 것을
옮기는 일은
원래 거기 있었던 것한테
동의를 받아야 한다

나는 그런 생각을 했다

이 엄청 추운 날
건물 양지바른 곳에
싹이 트는 풀을 보며

산도 들도
바다도

물론 나 자신도

(동시마중, 3-4월호)

길

김용택

이웃 마을까지
하루 종일 길이 비어 있다.
바람이 지나간다.
먼지가 인다.
혼자 공 몰고
갔다 왔다.
다시
이웃 마을까지 길이
길게 비었다.
괜히 눈물이 나오려고 한다.

(월간소년, 5월호)

부부싸움 다음날

김유진

엄마, 아빠는
큰소리로 부부싸움한
다음날 아침

현관문을 열기 전
앞집이 잠잠한지
확인한 뒤

잽싸게 문을 열고
후다다닥
계단으로 내려간다

그러다 앞집 사람들과
잘못 마주치면
"안녕하세요!"

유난히
명랑하고 친절한
아침 인사를 한다

(어린이와 문학, 7월호)

1학년 멧돼지

김은영

벼가 누렇게 여무는
운동장 모퉁이 손바닥 논이
쑥대밭이 되었다.
붉은 노끈으로 울타리를 치고
허수아비도 세워놓았지만 소용없었다.

먼 산에 사는 멧돼지가
학교까지 내려왔다고
선생님들은 대책회의를 했는데
발자국을 살펴보니
모두 운동화를 신었다 한다.
벼 이삭에 앉은
고추잠자리를 잡았다 한다.

(창비어린이, 여름호)

빈 논

김이삭

밤새 서리가
내렸다.

벼 밑동에
하얗게 서릿발이 섰다.

이제는
논도
할배도 방학이다.

잠시 쉬는 동안
할배는 노인정에 나가
장기도 두고

논은
두 발 쭉 뻗고
자겠다.

(시와 동화, 여름호)

풀씨와 거미줄

김종상

요사채* 추녀 거미줄에는
풀씨들이 걸려 있었어요
바람에 날려온 것이었습니다
스님이 그것을 떼냈습니다

"스님! 거미줄을 없애요."
"거미줄을 없애면
거미는 어쩌니?"

"그럼 풀씨는 왜 떼내셔요?"
"길을 잘못 든 씨앗들이야.
싹 틔울 땅으로 보내줘야지."

스님은 거미줄에서
풀씨를 떼내어
바람에 날려 보냈습니다.

* 요사채: 절에서 전각이나 산문 외에 스님들 생활과 관련된 집

(아동문예, 9−10월호)

햇볕 사용료

김재순

엄마가 햇살에
머리 말린 햇볕 사용료

나뭇가지 살랑살랑
몸 말린 햇볕 사용료

강아지 몸 탈탈 털어
물기 말린 햇볕 사용료

그 많은
햇볕 사용료
누가 다 내나요?

해님이
풀잎에서 손사래치며
아, 그냥 두래요.

(오늘의 동시문학, 봄호)

우리 개

김하루

아파트로 이사간다고
우리 개 다른 집에 보내고 온 날
빈 개집에 자꾸 눈이 갔다.

이튿날 아침,
개 남긴 밥 먹으러 온 까치
헛걸음이 아쉬운지
빈 밥그릇만 쪼다 날아가고
바람도 심심한지
개랑 놀던 초록색 공을 한번
또르르 굴려본다.

개는 갔는데 아직 개가 있다.
북슬북슬한 개 등,
유리구슬 같은 눈동자,
촉촉하고 차가운 코.
꽃밭에 남아 있는 개똥 냄새,
눈 위를 뛰어다닌 것 같은

내 마음속 어지러운 개 발자국.

이제 절대로
개 같은 건,
안 키울 거다.

(동시마중, 5-6월호)

거먹돌 물

김환영

가문 날,
아빠가 쇠망치와 정을 들어 땅강 땅강
거먹돌에 구멍을 내기 시작했어요

콩알만 한 구멍이 메추리알만큼 커지고
메추리알만 하던 구멍은 달걀만큼 커졌지요
달걀만 한 구멍이 오묵오묵 거위 알만큼 커졌을 때,
아빠는 거먹돌을 들어 낙숫물 떨구던 마당귀로 옮기고
할머니는 돌도 자란다며 아침마다 물을 주셨어요

그 물이 흘러들어 돌구멍으로 고이고
고인 물에는 응달처럼 이끼가 번지고
부레옥잠을 넣었을 때는 마치 정원처럼 예뻤지요

그러자 벌들이 잉잉거리며 찾아오고
꽁무니를 꼼작거리며 그 물을 빨아 먹었어요
밀잠자리가 날아와 잰잰 그 물 위로 뜨고
쌀잠자리가 날아와 잰잰 그 물 위로 뜨고
왕보리수 우듬지에 앉은 딱새들도

물가 할미새도 날아와 그 물을 찍어 먹었어요

할머니 말씀대로 돌은 정말 자라는지,
거먹돌 하늘로는 벌들이 늘고
거먹돌 둘레로는 강아지 꽃이 꼬리를 흔들고
부레옥잠은 보랏빛으로 꽃을 틔우고
꽃술 뒤로는 개구리 한 마리,
나를 보고 있었어요

두 눈을 끔벅거리며, 여기는 내 집이오─
떡하니 들어와 살고 있었어요

(어린이와 문학, 9월호)

제2부

이사

김현욱

이른 아침부터
베란다 밖으로
사다리차 바구니가
오르락내리락

고개 내밀어 보니
침대 냉장고 장롱 텔레비전……
부지런히 내려가는
이삿짐들

여태
누가 살다
누가 가는지 몰랐는데

짐이 이사 가네
짐만 살다 가네

(어린이와 문학, 8월호)

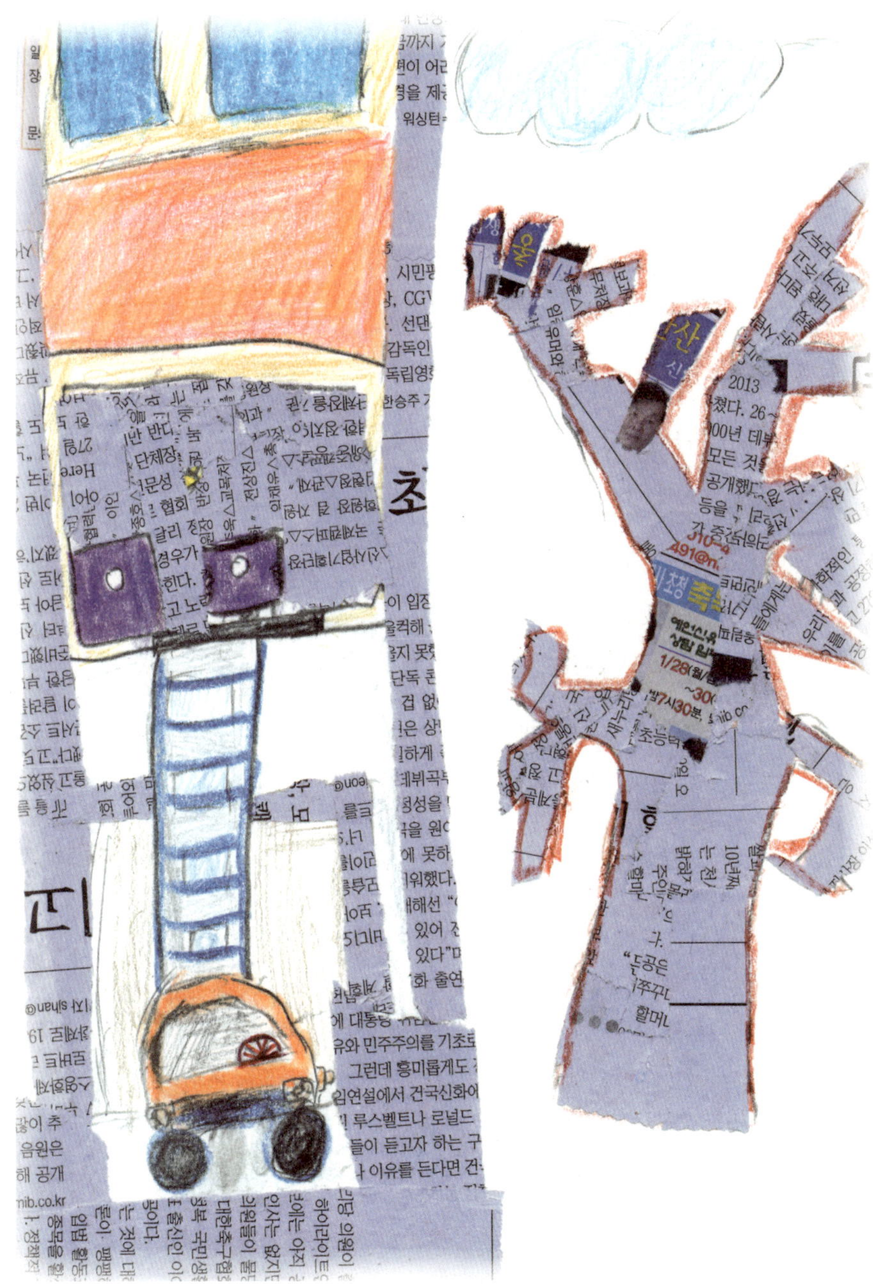

구석이 편하다

노원호

나뭇잎 하나가
담벼락 구석에 오도카니 앉아 있다.
바람이 불어도 꼼짝 않는다.
햇빛이 손을 내밀어도
좀처럼 나오려는 눈치가 아니다.
남을 위해 햇빛을 내어준 구석이
더 편한가 보다.
나도 가끔은
그럴 때가 있다.

(아동문학평론, 봄호)

미술시간

문삼석

아이들이 하얀 종이 위에
커다란 연못을 그린다.
금세 생긴 푸른 연못 위로
아이들은 연못 친구들을 차례로 불러낸다.
빼빼다리 소금쟁이를 불러내기도 하고
등 까만 물방개도 불러낸다.
물벼룩도 불러내고, 물자라도 불러낸다.
고요하던 연못들이
조금씩 움직이기 시작한다.
소금쟁이가 미끄러지고, 물방개가 오르내리고,
물벼룩이 뛰고, 물자라가 헤엄을 치고…….
몸을 뒤틀며 연못은
연신 가쁜 숨을 몰아쉬는데,
이마에 송송 땀방울을 매단 아이들은
앞다투어 풍덩풍덩 연못으로 뛰어든다.
소금쟁이가 되고, 물방개가 되고,
물벼룩이 되고, 물자라가 되고……,
깔깔깔깔깔!
연못은 지금 신나는 놀이판이다.

(한국아동문학, 가을호)

그러면 그렇지

맹문재

장날 사온 바지 입히는 할머니
바짓단 접어 올리면서도

"그러면 그렇지"

함께 사온 신발
내 발에 큰데도

"그러면 그렇지"

(시와 동화, 여름호)

물 마실 때

박두순

맑은 물 마실 때
꼭 하늘을 쳐다본다

왜 그럴까?

하늘이 물을
내려주었으니까

고마워서
꼭 하늘을 쳐다보고 먹는다

꼬끼오~
하늘을 보고
고맙다고 소리도 친다.

(월간문학, 4월호)

무논

박소명

개굴!
개구리 하나가 울자

개굴개굴개굴개굴개굴
개굴개굴개굴개굴개굴
개굴개굴개굴개굴개굴
개굴개굴개굴개굴개굴
개굴개굴개굴개굴개굴

온 논이 목청을 높인다.

개굴!
내가 따라 하자

―

온 논이 입을 딱 다문다.

(어린이와 문학, 7월호)

폭설

박방희

흰 연기
한 줄기가
구불구불 올라간다

눈에 묻힌
외딴집이

공중으로
길을 내고

식구들 저녁 준비하러

하늘 장
보러간다

(새싹문학, 봄호)

참 다른 말

박선미

버스정류장 옆 벚나무 아래서
종이 박스 정리하는
할머니의 그늘진 얼굴을 보다가

시원한 나무 '그늘'
할머니 얼굴의 '그늘'

같은 말이면서
참 다른 말이다.

(어린이동산, 가을호)

반딧불이

박승우

산골 마을
반딧불이가
산 넘고
강 건너
도시로 왔다가
기절을 했대

왜냐고?

집채만 한
괴물 반딧불이가
번쩍번쩍
온 도시를
점령하고
있었기 때문이지.

(오늘의 동시문학, 겨울호)

개미의 집

박 일

내 몸이
개미의 집.

목욕탕에 들어가면
기어 나오려고
온몸을 간질이는데

아빠가 밀어주는
때수건에
또르르 말려서 기어 나오는

개미,
개미,
개미….

집세도 안 내고
떼를 지어
살고 있었네.

(시와 동화, 여름호)

여름 걸어라

배정순

맴맴맴
여름 가져왔어요.

여기, 여기, 여기
여름 가져왔어요.

수년 동안 땅속에서
여름 싹
모으고 모아서

맴맴맴
나뭇가지에
여름 걸고 있어요.

(문학공간, 10월호)

제비꽃

복효근

제비를 닮았나
모르겠다 진짜
제비를 봤어야지

선생님이 그러는데
제비가 올 때쯤 피는 꽃이란다

우리 사는 곳은 제비가 안 온다
농약으로 벌레가 없어져서 그런단다

제비도 안 닮고
제비도 안 오는데
제비꽃은 핀다

보라는 듯 보랏빛깔이다
농약 때문에 보아줄 사람들이 다 없어져도
제비꽃은 필까
누가 보아줄까

(시와 동화, 여름호)

잠 정거장

서금복

엄마는 연속극을 중간까지만 본다
연속극을 끝까지 보는 건
엄마를 재운 소파다
연속극을 다 본 소파는
엄마를 깨워 안방으로 보낸다.

아침에는 눈을 반쯤 감은 형이
소파 위로 풀썩 엎어진다
소파는 따뜻하게 안아준다
형을 아주 잠깐 재웠다가 깨운다

형이 화장실로 가면
내가 방에서 나간다
소파 위로 털썩 엎어진다
소파가 포근하게 안아준다.

밤에는 엄마의 정거장
아침에는 형과 나의 정거장
피부가 거뭇거뭇하고 축 늘어진 소파는
잠의 정거장이다.

(오늘의 동시문학, 가을호)

내기

서정홍

오랜만에
외식 한 번 하자는 어머니한테
아버지가 말씀하십니다.

"우리 손으로 농사지은 쌀이 있는데
외식을 꼭 해야만 하겠소.
집에서 밥 지어 먹어라꼬
손가락이 붙어 있는데……."

그 말씀을 듣고
어머니가 대꾸하십니다.

"어이구우 참!
손가락이 와 붙어 있는지
생각해 보모 모르겠능교.
외식할 때
식당에서 숟가락 잡을라꼬 붙어 있지요."

동생과 나는

눈치만 슬슬 살피며 내기를 합니다.

오늘
외식할까? 못 할까?

(어린이와 문학, 11월호)

관광지도

서재환

손가락 짚어가며
이 길 저 길 더듬으면

펼쳐놓은 한 장 지도는
너울대는 참외 밭

참외들
가린 잎 젖히며
자꾸 밖을 내다봐요.

산줄기 강줄기는
서로 엉킨 참외덩굴

태백, 소백, 한강, 금강에
윗마을 아랫마을

참외들
단내 흘리며
엄마 젖 물고 손짓해요.

(시선, 가을호)

호박 밭

성명진

농부 할아버지네
교실입니다.

호박 한 덩이가
공부를 열심히 하고선
앉은 채로
잠들었어요.

할아버지가
잠 안 깨게 가만히 안아
집에 데려다 주지요.

(어린이와 문학, 2월호)

눈의 목소리

성환희

귀를 쫑긋 세워야만
들을 수 있는
눈의 목소리

낮고
가볍지만

강아지도 달려가고
민이와 아빠도 달려가고
카메라도 달려간다

(어린이문예, 겨울호)

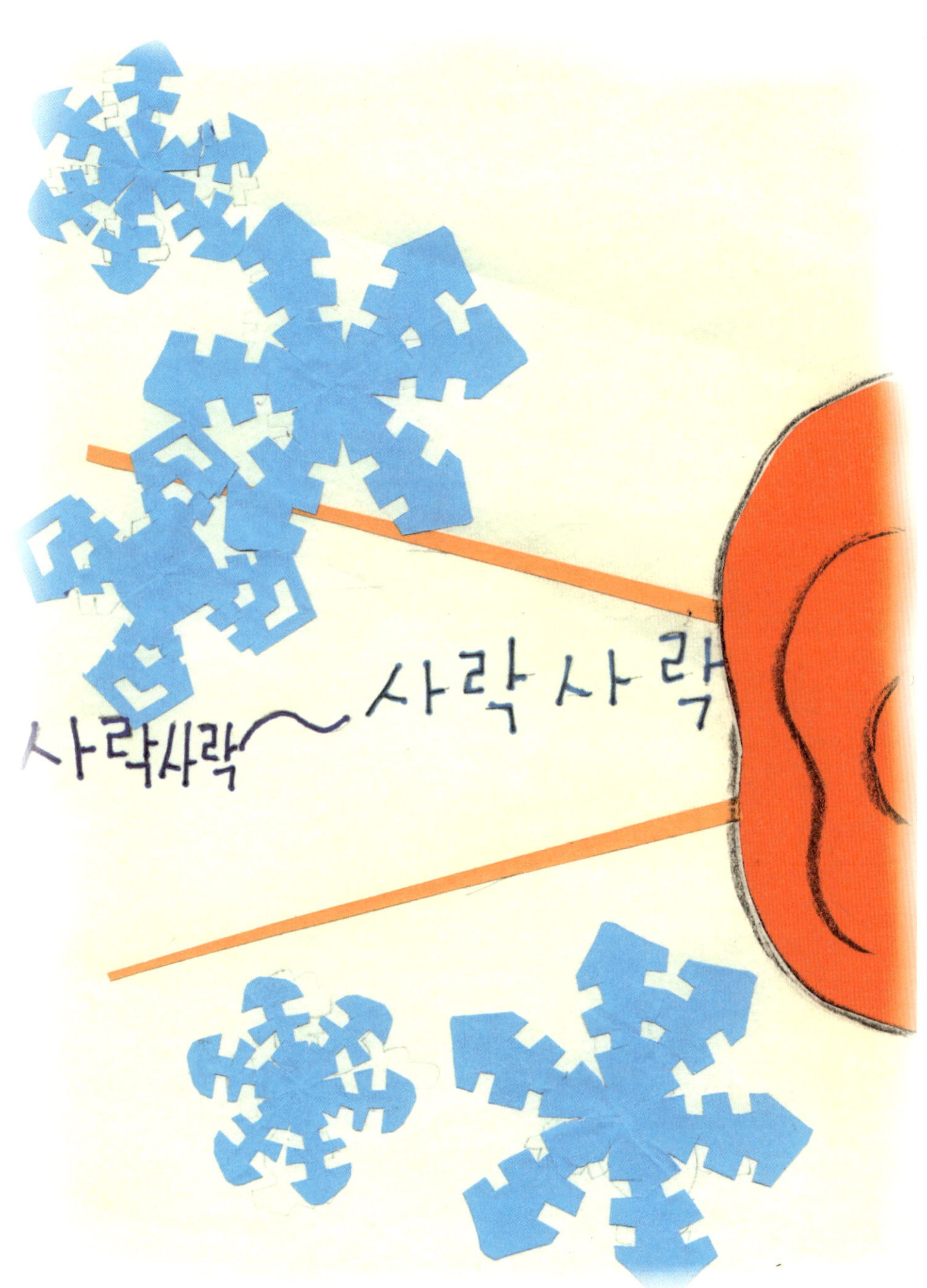
사락사락
사락사락

제3부

구구단 외는 강아지

손택수

구일은 구 구이 십팔 구삼 이십칠

구구단을 외는
교실 복도에서 갑자기
강아지 소리가 들린다

구일은 컹 구이 컹컹 구삼 컹컹컹

검둥이란 놈, 기둥에 단단히 묶어놓고 왔는데
어떻게 풀었을까

선생님은 강아지 임자가 누구냐, 불호령이시고
나는 시침을 딱 떼고 있는데

새로 온 전학생처럼 수줍게
교실 문으로 들어온 검둥이가 좋아라
내 품속으로 뛰어든다

(문학동네, 여름호)

1×2=2 2×1=2
1×3=3 2×2=4
       2×3=6

토란 잎

신명진

토란 밭을 지키는
코끼리 떼

흙 속의 알
아무도 넘보지 말란 듯

커다란 귀를
펄럭거린다.

(시와시, 가을호)

여름 나무

안오일

사람은 여름에 옷을 벗지만
나무는 여름에 옷을 껴입고 있어
왜 그러는지 너는 아니?

사람은
훌러덩 벗어던져
자기만 시원하게 하는데

나무는
옷으로 그늘을 만들어
남을 시원하게 해주기 때문이지

나무는 알고 있었을지 몰라
남을 시원하게 해주면
자기는 더 시원해진다는 걸 말야

(문학청춘, 가을호)

발 달린 양말

오은영

벗어놓은 내 양말엔
발이 있나 봐요.

놀이터 친구 집 빈터 우리 집
발발발 돌아다니는 나처럼
발발대는 발이

엄마가 빗자루로 부르면
언제 거기까지 갔는지

침대 밑에서
먼지 뒤집어 쓴 채
톡, 튀어 나오고

책상 밑에서
땀 냄새 풍기며
쓰윽, 기어 나오지요.

미안한 얼굴로
몸을 잔뜩 움츠리고 나오지요.

(불교문예, 가을호)

까만 비닐봉지 속

오인태

백화점 종이가방은
백화점을 나와서도
뻐기면서 걸어 다니고

재래시장 까만 비닐봉지는
집에 와서도
얼른 쓰레기통에 버려진다.

그래도 오늘 저녁
전등도 없는 우리 집
녹슨 가스버너엔

일 마친 할머니가
비닐봉지에 싸 온
고등어가 환하게 끓고 있다.

(시와시, 봄호)

태풍 덕에

유미희

고깃배들이
포구에
모였다.

눈 빨갛게 뜨고 멸치를 쫓던
대영호

잠 안 자고 꽃게를 끌어올리던
영진호

새벽부터 문어를 찾던
안흥호가

뿔뿔뿔
며칠째
흩어져 지내다가

가까이
얼굴 보며
모였다.

(오늘의 동시문학, 가을호)

북극곰이 동동

윤삼현

아기 북극곰
얼음덩이 타고 동동
동해까지 흘러 왔어요

어, 뭐야?
북극곰 잔뜩 울상을 하고 있네

에스키모인들,
눈밭에서 요리조리 나댄다고
나무라서일까요?

쟤네 형제들이랑
숨바꼭질하다가
깨진 얼음덩이를 잘못 타버린 걸까요?

몇몇 친구들이 흉 보고
따돌림해서일까요?

미끌미끌 기우뚱
앗, 발을 헛디디려고 해요!
위태위태해서 못 보겠어요.

누가 더 섭섭했을까

윤제림

한 골짜기에 피어 있는 양지꽃과 노랑제비꽃이
한 소년을 좋아했습니다.

어느 날 아침,
소년이 양지꽃 얼굴을 들여다보면서
반갑게 인사를 했습니다.

"안녕! 내가 좋아하는
노랑제비꽃!"

양지꽃은 온종일 섭섭했습니다
노랑제비꽃도 온종일 섭섭했습니다.

(동시마중, 7-8월호)

달려라 다림쥐

오지연

다리미는 다림쥐
뾰족한 주둥이
긴 꼬리

쭉쭉
쌩쌩

옷 위에 길을 내며
신나게 달린다.

장애물을 만나면
멈칫 섰다가
두리번두리번
얼른 다른 길 찾는다.

주름이란 주름은
내가 모두 잡는다!

다림쥐 뜨거운 맛에
주름이 벌벌 떤다.

(아침햇살, 여름호)

똥의 시

이대흠

명아주라는 말을 먹고 소가
고들빼기라는 말을 먹고 소가
민들레라는 말을 먹고 소가

되새김질하고
또 되새김질하여
가장 따뜻한 마침표 하나를

철뻐덕 땅 위에 찍는다

(동시마중, 1-2월호)

빗방울

이묘신

성벽 앞에 세워놓은 푯말 아래
빗방울들이
쪼르르르 매달려 있다

나처럼 말 안 듣는
빗방울들
여기에도 꼭 있다

(오늘의 동시문학, 여름호)

남김없이

이무완

감자 과자 한 봉지 샀다
금세 다 먹었다

얇게 구워 더욱 바삭해진
튀기지 않았다는 감자칩

거기에 든,
미국산 감자 플레이크, 백설탕, 유화제, 유청분말(우유), 인산
칼슘, 밀 전분, 식물성유지, 식물성유지(부분경화유), 알파옥수수
분말, 감자맛 분말, 유미분, 유단백 혼합분말(대두), 산도조절제,
조미염, 찐감자맛 분말, 농축새우분말, 에멘탈치즈, 식염, 유청분
말, 효소제, ……

그것들까지
남김없이 야곰야곰 먹었다.

(어린이문학, 겨울호)

화산

이복자

여기저기서 지구가
꾹꾹 눌렀던
화를 폭발한다.

늘 달라는 대로
거저 주기만 하는데

사람들은
산을 깎고
물을 막고
가만두지 않는다.

그래, 열병 날 만도 하지!
백두산이 폭발한다는 소리가
나올 만도 하지!

(오늘의 동시문학, 겨울호)

쩌엉!

이상교

굵은 몸통 나무가
전기톱 톱날에
반 넘게
베어졌다.

옆으로 쓰러지면서
쩌엉!

세상에 태어나서
처음 내지른 외마디 소리
참고 참다 내지른 소리
쩌엉—!

나무도 아프면
소리를 지른다.

(문학동네, 여름호)

햇살

이승희

햇살이 아깝다고
할머니는 빨래를 널고
베란다에 꽃들은
15층 벼랑도 무섭지 않다고
온몸을 햇살 쪽으로 쭈욱 내밀고

놀이터에는
혼자 햇살에 발 담그고
가만히 서 있는 그네만 보이고
햇살이 와글와글 놀러오라고 속삭이는 소리에
내 귀는 자꾸만 놀이터 쪽으로 길어지고

햇살의 살을 살살 만져봐도
손가락 사이로 잘도 빠져 달아나는 햇살
나도 햇살이 아까워진다

(동시마중, 7-8월호)

추파춥스를 하나씩

이 안

벚꽃 환한 토요일 한낮
열네 살 아이 열두 명이 추파춥스를 하나씩 입에 물고
학원 강의를 듣는다

여기가 벚나무 아래 아닌 것이
슬프다

중국 어디선가
사람들이 반달곰 몸에서 쓸개즙을 훔칠 때
그 고통 속이려고 사탕을 빨린다는 이야기

졸음처럼 달달하고 알록달록한 그 맛이
슬프다

(창비어린이, 봄호)

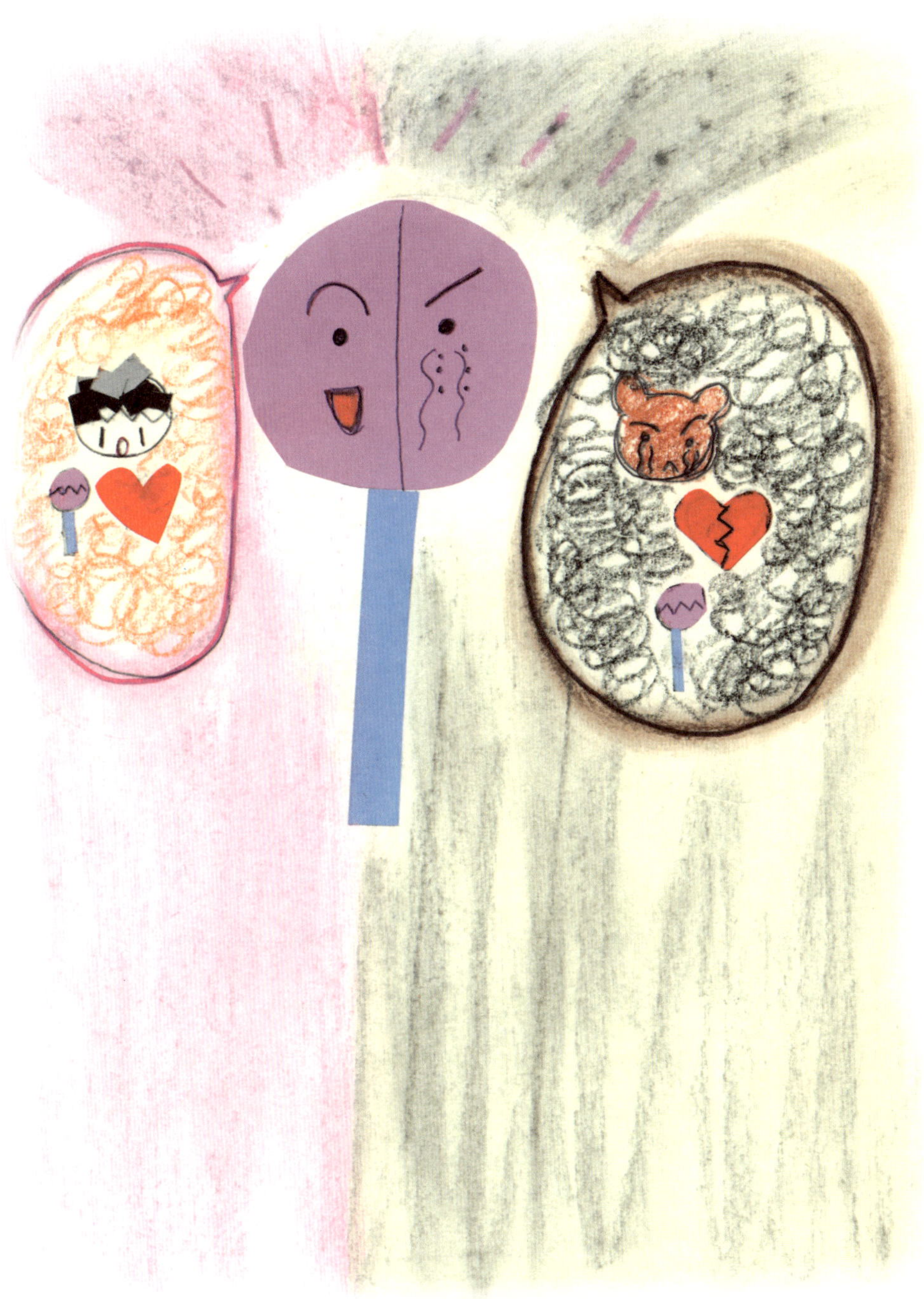

느린 세탁소

이 수

세탁소 집 아줌마는 필리핀 사람
"어—써 오—쎄요."
인사도 겨우 하는데
"바빠요. 급해요. 빨리 해줘요."
사람들이 시간 없다 졸라 대면
아줌마는 금방 울 것 같았죠.

이제는 사람들 느려졌어요.
"이—거, 다—려—줘—요."
다리미를 가리키며 다리는 시늉하고
"바—지, 줄—여—주—세—요."
가위로 싹둑 자르는 시늉하고
"아—라—써, 빨—리 해—줄—게."
아줌마도 척척 알아들어요.

바람같이 보채던 사람들도

잠시 시간을 내려놓는
우리 동네 느린 세탁소.

(오늘의 동시문학, 가을호)

제4부

넥타이

이장근

선생님 목에 커다란
사마귀가 붙었다
공개수업 하는 날
오랜만에 양복 입고
넥타이를 맸다
교실 뒤에서
지켜보는 엄마들
잘해야 할 텐데
저런! 사마귀가
목을 조르나 보다
얼굴이 점점 빨개진다
말도 더듬는다
손을 파르르 떨며
사마귀 머리를 만진다
자꾸자꾸 만진다

(열린아동문학, 여름호)

아빠는 우편배달부

이정석

우리 아빠는
우편배달부이시다.

불어나는
우편물 때문에
배달 오토바이가 너무 무겁다.

요금 청구서,
벌금 납부 고지서,
상품 소개서,
······.
그 우편가방 속에는
모닥불 같은 편지 한 통 없다.

요즈음
아빠는 우울하다
"우편물이 너무 가벼워!"

(열린아동문학, 여름호)

모두 골똘히

이준관

내가 교실 책상에서
수학 문제를 풀려고
골똘히 생각하고 있을 때

자두나무도 골똘히 생각하고 있겠지
어떻게 열매를 맺을까 하고

꼬마물떼새도 골똘히 생각하고 있겠지
물고기 잡으러 어디로 갈까 하고

해바라기 꽃도 골똘히 생각하고 있겠지
씨앗을 어떻게 빼곡히 채울까 하고

콧등에 송송 땀이 맺히는 줄도 모르고
손에 촘촘 땀이 배이는 줄도 모르고
나처럼 모두

(시와 동화, 가을호)

깨알 같은 잘못

이창숙

졸업이구나, 너희들과 헤어지게 되어 아쉽다.

선생님, 그동안 우리들이 속 썩여서 미안해요.

너희들이 속은 무슨 속을 썩여.

그냥 말 좀 안 듣고,

숙제 안 해 오고,

귀청 떨어지게 떠들고,

쌈박질 좀 하고,

수업 시간에 뛰쳐나가고,

음, 와장창 유리창 깨고,

다른 선생님한테 걸려서 귀 잡혀 들어오고,

꼬박꼬박 대들고,

봄날 병아리들처럼 비실비실 졸고,

욕 좀 하고,

몰래 침 뱉고,

무릎 까져서 피 질질 흘리고,

음음, 높은 곳에서 떨어져 간 떨어지게 하고,

입 아프게 설명해도 단체로 멍 때리고,

저번에는 참, 다섯 분이 한꺼번에 땡땡이도 치셨지?

아무튼, 고런 사소한 일들 밖에 없었는걸 뭐.

그러네요.

헤헤헤헤

히히히히

(동시마중, 7-8월호)

폭포

이화주

도란도란
애기하며 가던
물방울들이
절벽을 만나면
"무섭지 않아—아"
천둥 소리를 만든단다.
"푸하하하"
"푸하하하"
웃음 폭탄을 터트린단다.
정말이야, 폭포 아래서
물방울들
웃음 폭탄을 맞아봐
근심 걱정이
하얗게, 하얗게 날아가지

(시와 동화, 1−2월호)

자석이 달린 글자

임복순

'손대지 마시오'를 보고
엘리베이터 문에
가만히 손을 대보았습니다.

'만지지 마시오'를 보고
전시된 그림을
살짝 만져보았습니다.

'밟지 마시오'를 보고
마르지 않은 시멘트 바닥을
슬쩍 밟아 보았습니다.

'하지 마시오'란 글자에는
'해 보시오'를 끌어당기는
자석이 달려 있나 봅니다.

(동시마중, 1-2월호)

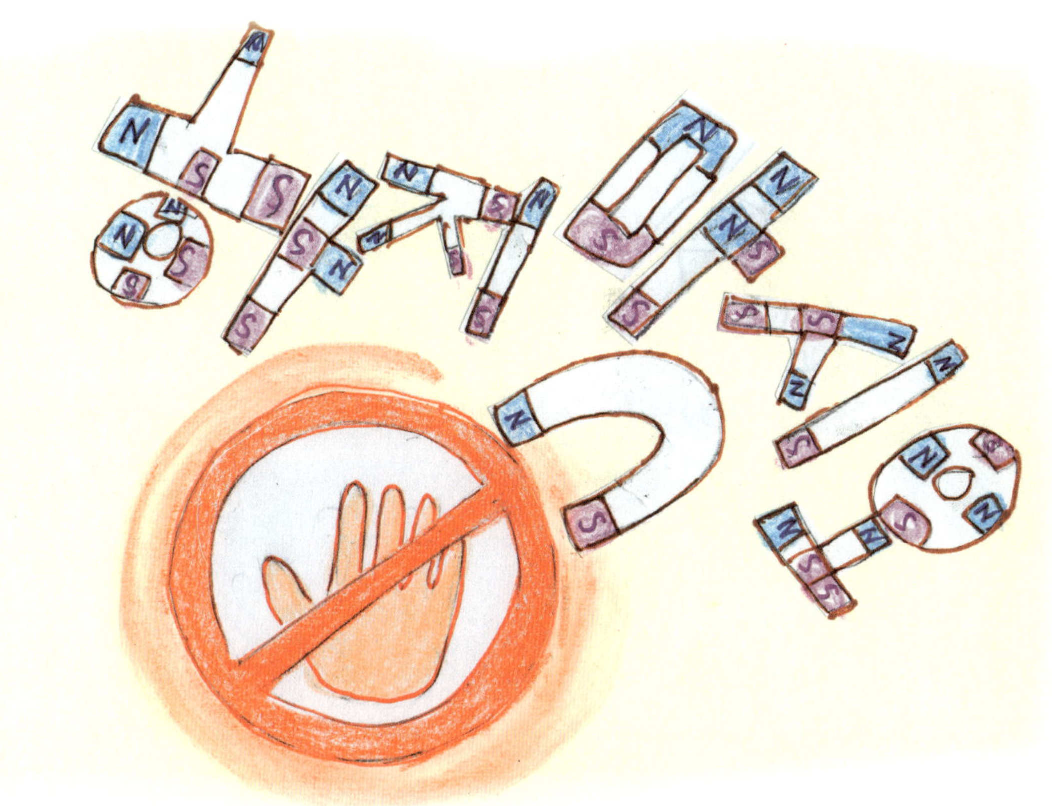

하늘

장동이

밭둑에서 길가로 늘어진
찔레나무 줄기에
빗방울들이
쫄로리 매달렸다

가만히 올려다보니

고 작은 방울마다
봄비 내려준 하늘이
다 들어가 있다

(시와 동화, 여름호)

소 대접받고 사는 소

장성태

뒷골
만호 할아버지네 소는
옛날 소다.

아니다.
요즘 소는 요즘 손데
옛날처럼 살아서
옛날 소다.

쟁기로 논 갈고, 밭 갈고
수레에 나뭇짐도 나른다.

요즘 소는 온종일
주는 사료나 먹고
살찌우고, 똥오줌 싸고
새끼 낳는 게 다라는데,

만호 할아버지네 소는
날마다 억척스레 일하긴 해도

아침저녁으로 따끈한 소죽 먹고
따뜻한 짚풀 자리에서 잠도 잔다.

요즘 소처럼
살아있는 귓가에
'육질이 우수하네, 맛이 일품이네'
고깃덩어리 소리는 안 듣는다.

만호 할아버지네 소는
요즘도 소 대접받고 사는
옛날 소다.

(어린이문학, 봄호)

살구나무

장세정

살구나무의 살구(殺狗)는
개를 죽인다는 뜻이라는데
그래서 살구나무랑 개는 상극*이라는데

나는 왜 살구나무가
개도 살구
소도 살구
너도 나도 다함께 잘 살구의
살구로 느껴질까

내가 본 살구꽃 정말 환해서
내가 먹은 살구 맛 꿀맛이어서

* 상극 : 둘 사이에 마음이 서로 화합하지 못하고 항상 충돌함

(어린이와 문학, 4월호)

서울 가고 싶구나

장영복

너 바다 가운데 설 수 있어? 나처럼
아니
너 파도를 이길 수 있어? 나처럼
아아니

섬이 나를 약올렸습니다

너 배 탈 수 있어? 나처럼
아니
너 서울 갈 수 있어, 나하고?
아아니

나도 섬을 약올렸습니다

돌아오는 뱃길을 따라
기다랗게 섬이 따라옵니다

섬아,
너 서울 가고 싶구나

(학산문학, 겨울호)

건너왔다

전병호

옆집 할아버지는 열심히 농약을 친다.

농약 뿌리지 않는 우리 집.

풀들이 다 우리 집으로 건너왔다.

후드득후드득 뚝.
후득후득 뚝.

메뚜기도 같이 왔다.

(자유문학, 봄호)

제 길 가라고

정진숙

호박 넝쿨
가장 어린 줄기가
굵고 큰 줄기를 끌고 가요

아기가
할머니 손을 끌며
동네 길 가는 것처럼.

어린 줄기에 끌려가는
호박 넝쿨
아기 손에 끌려가는
할머니

어린 것들
가고 싶은 대로 가라고
뒤따라가는 거예요.

(어린이책이야기, 여름호)

정전이 준 선물

정진아

팟!
찾아온 정전에

와글와글 텔레비전, 먹통 됐다.
종알종알 라디오, 말이 없다.
위잉위잉 컴퓨터, 잠들었다.

떠들던 기계들 입 다문 후
거실 한가운데
졸린 고양이처럼 앉아 있는데

쓰우 쓰우 쓰우
삐이 삐 삐이 삐
호이익 호이익 호이익
들려오는 새소리

순간,
우리 집 거실은 초록 숲이 된다.
나는 한 마리 새가 되어
숲을 난다.

(한국아동문학, 가을호)

삐딱이

조하연

반듯하게 걸었다고 생각했는데
멀리서 보니 액자가 기울어져 있다
삐뚤어진 벽지에 액자를 맞추었기 때문이다

액자를 바로 잡으니 이번엔
벽지 무늬와 안 맞아
삐딱하게 보인다

삐딱이

하는 짓마다 삐딱하다고
삐딱이라 불리는
우리 반 성호도 혹시

저 액자처럼 바로 서 있는 건 아닐까
어쩌면 우리가 삐딱하게
서 있는 건 아닐까

(동시마중, 5-6월)

놀이터에서

주미경

책가방 하나
내려놓았을 뿐인데

하늘로
저절로
솟구친다.

(동시마중, 1-2월호)

놀이터에서

가랑잎 3

진복희

가랑가랑
잔기침을
달고 사는 할머니랑

진눈깨비도 겨운
가랑가랑 꼽추나무.

겨우내
눈 맞추고 살았대요,
늙은 등나무 곁에서.

(어린이책이야기, 여름호)

바람과 깃발

한혜영

바람은 깃발을 좋아한다.

살짝만 건드려도 신경질

파르릉 부리는 것이 재미있어서

미~롱, 매~롱

약 올리는 게 재미있어서

바람이 어디로 간 날이다

깃발은 도무지 재미가 없다

손가락 하나 까딱하기 싫어진

깃발은 하루 종일 축 늘어져 있다

민우가 아파서 결석하던 날

소라가 꼭 그런 깃발이었다

(아동문학세상, 여름호)

지하철 풍경

휘 민

서로 마주보기 쑥스러운가
멍하니 바닥만 바라보다가
이내 꾸벅꾸벅 존다

그래도 전동차는 덜컹덜컹, 마주보는 레일 위를 잘도 달린다

서로 마주보기 부끄러운가
의자에 앉자마자 모두
휴대전화만 조몰락거린다

그래도 전동차는 덜컹덜컹, 마주보는 레일 위를 잘도 달린다

어, 언제 내렸지?

졸다가도
게임하다가도
텔레비전 보다가도

다들 자기가 내릴 역은

귀신같이 안다

(창비어린이, 봄호)

조수인(양정초등학교 4학년)

신재은(문원초등학교 2학년)

김호경(문원초등학교 3학년)

정소영(문원초등학교 2학년)

이윤서(곡란초등학교 3학년)

홍채정(관모초등학교 6학년)

김유민(문원초등학교 3학년)

김효정(태을초등학교 3학년)

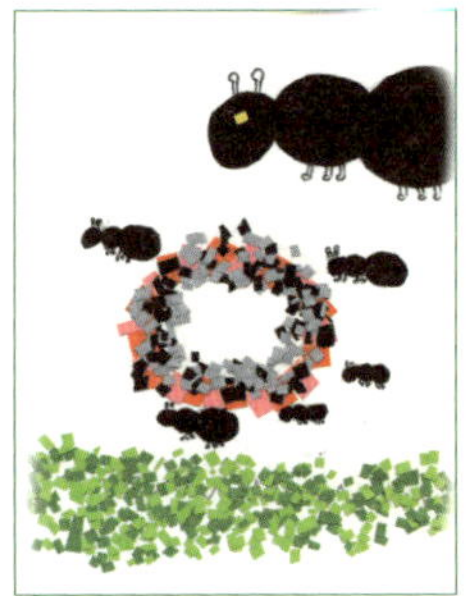

이윤선(문원초등학교 3학년)

조정인(양정초등학교 3학년)

고다희(둔전초등학교 6학년)

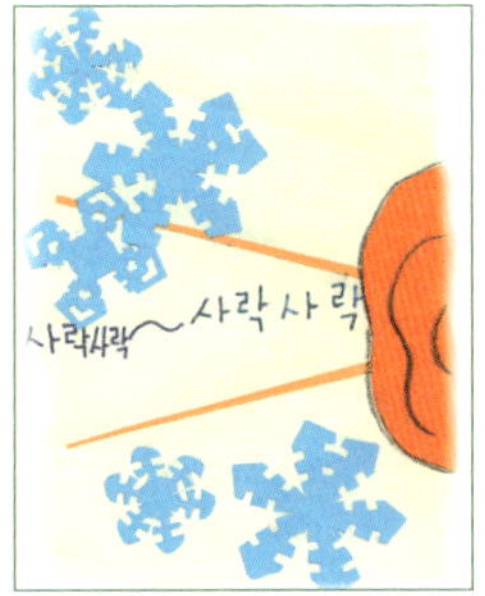

홍승택(홍진초등학교 2학년)

이두현(궁내초등학교 4학년)

오유찬(곡란초등학교 5학년)

고지현(곡란초등학교 2학년)

이찬민(광정초등학교 4학년)

송서인(문원초등학교 2학년)

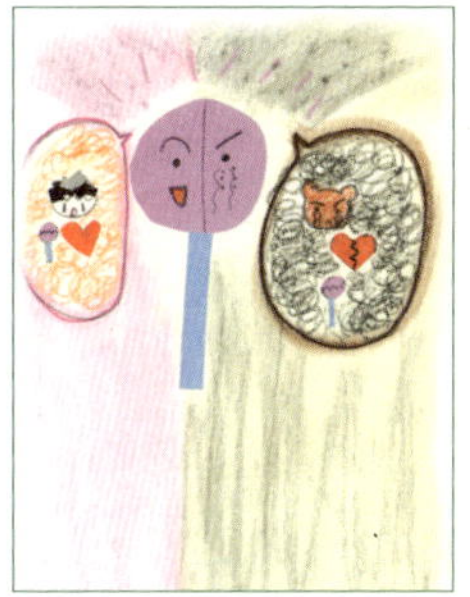

이채은(광정초등학교 6학년)

정경현(곡란초등학교 5학년)

고지현(곡란초등학교 2학년)

조건희(수리초등학교 3학년)

주해은(곡란초등학교 5학년

김준수(수리초등학교 3학년)

오현민(수리초등학교 3학년)

본문 수록 그림

곽해룡

2007년 제15회 눈높이 아동문학대전으로 등단하였습니다. 동시집 『맛의 거리』 『입술 우표』 『이 세상 절반은 나』가 있습니다.

권영상

1979년 『강원일보』 신춘문예로 등단하였습니다. 동시집 『잘 커다오, 꽝꽝나무야』 『엄마와 털실뭉치』 등이 있습니다. 현재 서울 배문중학교에서 국어를 가르치고 있습니다.

권오삼

1975년 『월간문학』 신인상, 1976년 소년중앙문학상 당선으로 등단하였습니다. 동시집 『고양이가 내 뱃속에서』 『아낌없이 주는 나무』 『똥 찾아가세요』 『진짜랑 깨』 등이 있습니다.

금해랑

2009년에 천강문학상 아동문학 부문 금상을 수상하였으며 2010년 『어린이와문학』으로 등단하였습니다.

김미영

1996년 『아동문예』로 등단하였습니다. 동시집 『잠자리와 헬리콥터』 『손수건에게』 『불량식품 먹은 버스』 『흙탕물총 탕탕』 등이 있습니다. 현재 다니엘스쿨에서 논술을 가르치고 있습니다.

김미혜

2000년 『아동문학평론』에 동시가 당선되어 등단하였습니다. 동시집 『아빠를 딱 하루만』 『꽃마중』 『아기 까치의 우산』 『돌로 지은 절 석굴암』 등이 있습니다.

김미희

2002년 『한국일보』 신춘문예로 등단하였습니다. 작품집 『달님도 인터넷해요』 『네 잎 클로버 찾기』 『동시는 똑똑해』 등이 있습니다.

김 륭

2007년 『문화일보』 신춘문예 시, 2007년 『강원일보』 신춘문예 동시가 당선되어 등단하였습니다. 동시집 『프라이팬을 타고 가는 도둑고양이』 『삐뽀삐뽀 눈물이 달려온다』 등이 있습니다.

김성민

2011년도 대구문학 신인상을, 2012년도 제4회 『창비어린이』 신인문학상을 수상하였습니다.

김영승

1986년 계간 『세계의 문학』으로 등단하였습니다. 시집 『반성』 『몸 하나의 사랑』 『권태』 『무소유보다도 찬란한 극빈』 등이 있습니다.

김용택

1982년 21인 신작 시집 『꺼지지 않는 횃불』에 「섬진강 1」 외 8편의 시를 발표하면서 등단하였습니다. 시집 『맑은 날』 등과 동시집 『콩, 너는 죽었다』 『내 똥 내 밥』 등이 있습니다.

김유진

2009년 제1회 『창비어린이』 신인문학상을 수상하고 월간 『어린이와 문학』에서 추천을 완료했습니다.

김은영

1989년 『동아일보』 신춘문예를 통해 등단하였으며, 동시집 『빼앗긴 이름 한 글자』 『아니, 방귀 뽕나무』 『선생님을 이긴 날』 『ㄹ받침 한 글자』 등이 있습니다. 현재 경기도 남양주에 있는 초등학교에서 교사로 일하고 있습니다.

김이삭

2005년 『시와시학』에 「전어」 외 4편이 당선되면서 작품 활동을 시작했습니다. 시집 『베드로의 그물』, 동화집 『꿈꾸는 유리병 초초』, 동시집 『바이킹 식당』이 있습니다.

김종상

1960년 『서울신문』 신춘문예에 동시 「산 위에서 보면」이 당선되면서 작품 활동을 시작했습니다. 동시집 『흙손엄마』, 시조집 『꽃의 마음』 등이 있습니다.

김재순

동시집 『바람 한 점 앞세우고』 『바람은 나만 빼놓고』 『햇볕사용료』 등이 있습니다. 현 경남아동문학회 회장이며 아라초등학교에서 근무하고 있습니다.

김하루

그림책 『학교 처음 가는 날』과 『똥 똥 개똥 밥』, 동화 『한국 아이+태국 아이, 한태』 『소원을 이뤄주는 황금 올빼미 꿈표』 등이 있습니다. 1999년 『문학동네』 신인상을 받았으며,

소설집 『그 여자의 가위』가 있습니다.

김환영

2004년부터 월간 『글과그림』과 계간 『창비어린이』 '김환영의 시와 그림'에 발표한 시들을 모아 동시집 『깜장꽃』을 냈습니다.

김현욱

2010년 『매일신문』 신춘문예에 동시가 당선되어 작품 활동을 시작했습니다. 포항 달전초등학교에 근무하면서 네이버 카페 '시와 노는 교실'을 통해 여러 동무들과 시를 나누고 있습니다.

노원호

1974년 『매일신문』 신춘문예와 1975년 『조선일보』 신춘문예에 동시가 당선되었습니다. 동시집 『아이가 그린 가을』 『바다를 담은 일기장』 『e메일이 콩닥콩닥』 『꼬무락꼬무락』 등이 있습니다.

문삼석

1963년 『조선일보』 신춘문예 동시가 당선되어 작품 활동을 시작했습니다. 동시집 『산골 물』 『이슬』 『우산 속』 『아가야 아가야』 『바람과 빈 병』 등이 있습니다.

맹문재

1963년 충북 단양에서 태어났습니다. 1991년 『문학정신』으로 작품 활동을 시작했습니다. 합동 동시집 『달에게 편지를 써볼까』, 어린이용 백과사전 번역서 『포유동물』이 있습니다.

박두순

1977년 『아동문학평론』 『자유문학』 신인상에 동시와 시가 당선되어 작품 활동을 시작하였습니다. 동시집 『나도 별이다』 『들꽃』 등이 있습니다. 현재 동시 전문 계간지 『오늘의 동시문학』 주간입니다.

박소명

2002년 『월간문학』으로 작품 활동을 시작했습니다. 동시집 『산기차 강기차』 『빗방울의 더하기』 『꿀벌 우체부』 등이 있습니다.

박방희

2001년 『아동문예』에 동시가 당선되면서 작품 활동을 시작했습니다. 동시집 『참새의 한자 공부』 『쩌렁쩌렁 청개구리』 『머릿속에 사는 생쥐』 등이 있습니다.

박선미

1999년 부산아동문학 신인상 동시 부문, 창주문학상 수상으로 등단하였습니다. 동시집 『지금은 공사 중』 『불법주차한 내 엉덩이』이 있습니다. 현재 부산 연산초등학교 수석교사입니다.

박승우

2007년 『매일신문』 신춘문예 동시가 당선되어 작품 활동을 시작했습니다. 동시집 『백점 맞은 연못』이 있습니다. 현재 경상북도 보건환경연구원으로 근무하고 있습니다.

박 일

1979년 『아동문예』로 작품 활동을 시작했습니다. 동시집 『주름살 웃음』 외 8권이 있습니다. 현재 '아름다운 동시교실' 을 운영하며 글쓰기 재능을 나누고 있습니다.

배정순

2000년 『아동문예』로 등단하였습니다. 동시집 『연두색 느낌표』 『들어가도 되겠니?』가 있습니다.

복효근

1991년 『시와시학』으로 등단했습니다. 시집 『당신이 슬플 때 나는 사랑한다』 『마늘촛불』 『따뜻한 외면』 등이 있습니다. 현재 남원 금지중학교에서 근무하고 있습니다.

서금복

2001년 『아동문학연구』에 동시가 당선되어 작품 활동을 시작했습니다. 동시집 『할머니가 웃으실 때』 『우리 동네에서는』 등이 있습니다.

서정홍

1992년 전태일문학상으로 등단하였습니다. 시집으로 『윗몸 일으키기』 『우리 집 밥상』 『닳지 않는 손』 등이 있습니다. 현재 황매산 기슭 작은 산골 마을에서 농사지으며 열매지기공동체와 강아지똥 학교를 열어 함께 배우고 가르치며 살고 있습니다.

서재환

『동아일보』 신춘문예에 시조(1988년)와 동시(1997년)가 당선되어 작품 활동을 시작했습니다. 동시집 『번갯불 한 덩이 천둥 한 덩이』 『만약에 말이야』, 동시조집 『산이 옹알옹알』 등이 있습니다.

성명진

1990년 『전남일보』 신춘문예 당선과 1993년 『현대문학』 추천을 받고 등단했습니다. 동시집 『축구부에 들고 싶다』가 있습니다.

성환희

2002년 『아동문예』로 등단하였습니다. 현재 글쓰기 강사이며 한국동시문학회 회원, 울산 작가회의 회원, 울산 아동문학회 회원입니다.

손택수

1998년 『한국일보』 신춘문예에 당선되어 작품 활동을 시작하였습니다. 시집으로 『호랑이 발자국』 『목련 전차』 『나무의 수사학』이 있습니다.

신명진

2006년 『아동문예』로 등단하였습니다. 동시집 『꽃김치』가 있습니다.

안오일

『전남일보』 신춘문예 시로 등단하였습니다. 저서로 『화려한 반란』 『그래도 괜찮아』 『사랑하니까』 『올챙이 아빠』 『천하무적 왕눈이』 등이 있습니다.

오은영

1999년 『조선일보』 신춘문예 동시로 등단하였습니다. 동시집 『우산 쓴 지렁이』 『넌 그럴 때 없니?』 『생각 중이다』가 있습니다. 현재 한국출판문화산업진흥원 좋은책 선정위원으로 있습니다.

오인태

1991년 『녹두꽃』 추천으로 등단하였습니다. 동시집 『돌멩이가 따뜻해졌다』가 있습니다. 현재 남해교육지원청 장학사로 일하고 있습니다.

유미희

1998년 『자유문학』에 청소년 시가, 2000년 『아동문예』에 동시가 당선되어 등단하였습니다. 동시집 『고시랑거리는 개구리』 『짝꿍이 다 봤대요』 『내 맘도 모르는 게』가 있습니다.

윤삼현

1982년 『광주일보』 신춘문예, 1983년 『동아일보』 신춘문예에 동시가 당선되어 작품 활동을 시작하였습니다. 동시집 『겨울새』 등이 있습니다. 광주교육대학교 겸임교수, 문산초등학교 수석교사로 있습니다.

윤제림

1987년「문예중앙」신인문학상을 통해 등단했습니다. 시집「삼천리호자전거」「미미의 집」「황천반점」「사랑을 놓치다」「그는 걸어서 온다」등이 있습니다. 현재 서울예술대학교로 있습니다.

오지연

2002년 새벗문학상에 동시가 당선되어 작품 활동을 시작했습니다. 동시집「기억할까요?」가 있습니다.

이대흠

1994년「창작과 비평」을 통해 작품 활동을 시작하였습니다. 시집「귀가 서럽다」「물 속의 불」「상처가 나를 살린다」「눈물 속에는 고래가 산다」등이 있습니다.

이묘신

2005년 동시「애벌레 흉터」등으로 푸른문학상 '새로운 시인상'을 수상하면서 작품 활동을 시작했습니다. 동시집으로「책벌레 공부벌레 일벌레」「너는 1등 하지 마」가 있습니다. 현재 청주에서 글쓰기를 가르치고 있습니다.

이무완

「강원일보」신춘문예로 작품 활동을 시작했습니다. 동시집「샬그락 샬그란 샬샬」이 있습니다. 지금은 삼척에서 초등학교 선생으로 일하고 있습니다.

이복자

1994년 한국아동문학연구회에서 동시로 등단하였습니다. 동시집「나는 항해 중」이 있습니다. 현재 경기도 남양주시 동화중학교에서 근무하고 있습니다.

이상교

1973년 소년 잡지에 동시가 추천 완료되었고, 1974년「조선일보」신춘문예 동시 부문에 입선하여 작품 활동을 시작하였습니다. 동시집으로「먼지야, 자니?」「좀이 쑤신다」등이 있습니다.

이승희

1999년「경향신문」신춘문예로 등단하였습니다. 시집「저녁을 굶은 달을 본 적이 있습니다」「거짓말처럼 맨드라미가」, 동화「살구는 왜 노랗게 익는걸까」「어린이를 위한 약속」등이 있습니다.

이 안

1999년 『실천문학』 신인상으로 등단하였습니다. 시집 『목마른 우물의 날들』 『치워라, 꽃!』, 동시집 『고양이와 통한 날』 『고양이의 탄생』을 냈습니다.

이 수

2012년 『오늘의 동시문학』 신인상에 당선되어 작품 활동을 시작하였습니다.

이장근

2010년 제8회 푸른문학상 '새로운 시인상'(동시)으로 등단하였습니다. 동시집 『바다는 왜 바다일까?』, 청소년시집 『악어에게 물린 날』 『나는 지금 꽃이다』 등이 있습니다.

이정석

『소년중앙』 문학상에 동시가 당선되어 작품 활동을 시작하였습니다. 동시집 『책 범벅 꽃 범벅』 등이 있습니다. 현재 나주 다시중학교에서 교장으로 재직하고 있습니다.

이준관

1971년 『서울신문』 신춘문예에서 동시로 당선되어 작품 활동을 시작하였습니다. 동시집 『크레파스화』 『씀바귀꽃』 『내가 채송화꽃처럼 조그마했을 때』 『쑥쑥』 등이 있습니다. 현재 한국동시문학회 회장입니다.

이창숙

2010년 우리교육 어린이책 작가상에 동화로 등단하였습니다. 청소년 소설 『매』 『무옥이』가 있습니다.

이화주

1982년 『강원일보』 신춘문예에 동시가 당선되어 작품 활동을 시작하였습니다. 동시집 『아기새가 불던 꽈리』 『내게 한 바람 털실이 있다면』 『뛰어다니는 꽃나무』 『손바닥 편지』 등이 있습니다.

임복순

2010년 『오늘의 동시문학』으로 작품 활동을 시작했으며, 현재 서울 양강초등학교 교사로 아이들과 함께 생활하고 있습니다.

장동이

2010년 『동시마중』으로 등단하였습니다.

장성태

　2008년 『어린이문학』으로 등단하였습니다. 현재 구미 도봉초등학교에서 교사로 근무하고 있습니다.

장세정

　2006년 월간 『어린이와 문학』에서 동시로 4회 추천을 완료하였습니다. 현재 『어린이와 문학』 편집위원입니다.

장영복

　『아동문학평론』 동시 신인상으로 작품 활동을 시작하였습니다. 동시집 『올 애기 예쁘지』, 동화집 『대장장이를 꿈꾸다』 등이 있습니다.

전병호

　1982년 『동아일보』 신춘문예에 동시가 당선되어 등단하였습니다. 동시집 『들꽃초등학교』 『봄으로 가는 버스』 『아, 명량대첩!』 등이 있습니다.

정진숙

　1991년 『아동문예』 작품상 당선으로 문단에 나와 동화를 쓰다가 2005년 『오늘의 동시문학』 신인상 당선으로 동시를 같이 쓰기 시작했습니다. 창작동화집 『솔바람이 그리는 풍경』 『엄마에게 건네준 풀꽃반지』 등과 동시집 『아무도 모르는 일』이 있습니다.

정진아

　1988년 『아동문학평론』 신인상에 당선되어 시를 쓰기 시작했습니다. 동시집 『난 내가 참 좋아』 『엄마보다 이쁜 아이』가 있습니다. 방송작가로 일하는데 지금은 EBS 라디오 〈시 콘서트〉와 〈어른을 위한 동화〉를 집필 중입니다.

조하연

　2005년 『오늘의 동시문학』에서 추천을 완료하고 작품 활동을 시작하였습니다. 동시집 『하마 비누』가 있습니다. 현재 '배꼽 빠지는 도서관' 을 운영하고 있습니다.

주미경

　2010년 『어린이와 문학』에 추천되어 등단하였습니다. 2012년 『부산일보』 신춘문예에 동시가 당선되었습니다.

진복희

　1968년 『시조문학』으로 등단하였습니다. 시집 『불빛』, 동시집 『햇살잔치』 『별표 아빠』 등이 있습니다.

한혜영

1989년 『아동문학연구』에 동시조가 당선되고 작품 활동을 시작하였습니다. 동시집 『닭장 옆 탱자나무』, 장편동화 『팽이꽃』『뉴욕으로 가는 기차』 등이 있습니다.

휘 민

2001년 『경향신문』 신춘문예에 시가, 2011년 『한국일보』 신춘문예에 동화가 당선되어 작품 활동을 시작하였습니다. 시집 『생일 꽃바구니』와 '시힘' 동인들과 함께 쓴 동시·동화집 『뒤뚱뒤뚱』 등이 있습니다.